Lew i mysz

Bajka Ezopa

The Lion and the Mouse

an Aesop's Fable

Jan Ormerod

Polish translation by Jolanta Starek-Corile

D0549610

Dawno temu i daleko stąd, podczas gdy lew ucinał sobie drzemkę,
mała myszka wdrapała mu się na ogon. Wbiegła mu na grzbiet,
przedarła się przez wielką grzywę na sam czubek głowy, aż w końcu...

...lew się obudził.

Far away and long ago, as a lion lay asleep, a little mouse ran up his tail.
He ran onto his back and up his mane and onto his head ...

... so that the lion woke up.

Lew chwycił myszkę i trzymając ją w swoich wielkich pazurach, ryknął ze złości – Jak śmiesz mnie budzić! Nie wiesz, że jestem królem zwierząt. I dlatego zaraz cię pożrę!

The lion grabbed the mouse and, holding him in his large claws, roared in anger: "How dare you wake me up! Don't you know that I am the King of the Beasts? And I shall eat you!"

Myszka błagała lwa, aby ją wypuścił. – Proszę, nie pożeraj mnie, Wasza Królewska Mość! Proszę, wypuść mnie – a obiecuję ci, że na zawsze będę ci oddana. Kto wie, może pewnego dnia i ja uratuję ci życie.

The mouse begged the lion to let him go. "Please don't eat me Your Majesty! Please let me go - and I promise I will be your friend forever. Who knows, one day I might even save your life."

Lew spojrzał tylko na malutką myszkę i wybuchnął gromkim śmiechem.
– *Ty* miałabyś uratować *mi* życie? Cóż za głupi pomysł! Lecz mimo to
rozweseliłaś mnie i wprawiłaś w dobry nastrój, więc za to cię wypuszczę.
I tak oto lew otworzył pazury i wypuścił myszkę na wolność.

The lion looked at the tiny mouse and burst out laughing. "*You* save *my* life?
What a silly idea! But you have made me laugh and put me into a good mood.
So I shall let you go."
And the lion opened his claws and set the mouse free.

Nie upłynęło niespełna parę dni, kiedy to lew zaplątał się w sieć zastawioną przez myśliwych. Lecz pomimo swojego rozmiaru i ogromnej siły nie był w stanie uwolnić się z potrzasku. Zawył wnet z wściekłości, aż zadrżała ziemia.

It was only a few days later that the lion was trapped by a hunter's net.
Even with all his size and strength he could not break free.
He let out a roar of rage that shook the earth.

Wszystkie leśne zwierzęta
usłyszały jego ryk ...

All the animals heard his cry ...

ale tylko malutka myszka pobiegła w jego kierunku. – Pomogę ci, Wasza Królewska Mość – odrzekła myszka. – Ty wypuściłeś mnie na wolność i mnie nie pożarłeś, i dlatego masz we mnie swego sprzymierzeńca i przyjaciela do końca życia.

but only the tiny mouse ran in the direction of the lion's roar. "I will help you, Your Majesty," said the mouse. "You let me go and did not eat me. So now I am your friend and helper for life."

Myszka natychmiast zabrała się do pracy i zaczęła przegryzać sploty sieci, które więziły lwa.

He immediately began gnawing at the ropes that bound the lion.

Malutka myszka po kawałeczku rozgryzała sieć aż do zachodu słońca. Uparcie obgryzała każdy jej splot, aż na niebie pojawiły się gwiazdy i księżyc. W końcu, tuż przed wschodem słońca król zwierząt został uwolniony.

The tiny mouse nibbled until the sun went down.
He gnawed as the moon and stars appeared in the sky.
Finally, just before the sun rose again,
the King of the Beasts was free at last.

Czyż nie miałam racji, Wasza Królewska Mość? – pisnęła mała myszka.
– Nadeszła moja kolej, aby ci pomóc.
Tym razem lew nie naśmiewał się z małej myszki, ale odrzekł – Trudno mi
było uwierzyć, że mogłaś mi się przysłużyć, ale dzisiaj uratowałaś mi życie.

"Was I not right, Your Majesty?" said the little mouse.
"It was my turn to help you."
The lion did not laugh at the little mouse now,
but said, "I did not believe that you could be
of use to me, little mouse, but today
you saved my life."

Teacher's Notes

The Lion and the Mouse

Read the story. Explain that we can write our own fable by changing the characters.

Discuss the different animals you could use, for instance would a dog rescue a cat? What kind of situation could they be in that a dog might rescue a cat?

Write an example together as a class, then, give the children the opportunity to write their own fable. Children who need support could be provided with a writing frame.

As a whole class play a clapping, rhythm game on various words in the text working out how many syllables they have.

Get the children to imagine that they are the lion. They are so happy that the mouse rescued them that they want to have a party to say thank you. Who would they invite? What kind of food might they serve? Get the children to draw the different foods or if they are older to plan their own menu.

The Hare's Revenge

Many countries have versions of this story including India, Tibet and Sri Lanka. Look at a map and show the children the countries.

Look at the pictures with the children and compare the countries that the lions live in – one is an arid desert area and the other is the lush green countryside of Malaysia.

Children can write their own fables by changing the setting of this story. Think about what kinds of animals you would find in a different setting. For example, how about 'The Hedgehog's Revenge', starring a hedgehog and a fox, living near a farm.

The hare thinks the lion is a bully and that he always gets others to do things for him. Discuss with the children different ways that the lion could be stopped from bullying. The children could role play different ways of dealing with the bullying lion.

Zajęcza zemsta
Bajka malezyjska

The Hare's Revenge
A Malaysian Fable

Zając i lew mieszkali po sąsiedzku.
– Jestem królem lasu – przechwalał się lew. – Jestem silny i odważny, i nikt nie ośmieli się stanąć mi na drodze.
– Tak, Wasza Królewska Mość – odpowiadał zając cieniutkim przerażonym głosikiem. Lew ryczał wtedy tak długo, aż zającowi puchły od tego uszy. A dokuczał mu tak bardzo, że zając czuł się bardzo nieszczęśliwy.

A hare and a lion were neighbours.
"I am the King of the Woods," the lion would boast. "I am strong and brave and no one can challenge me."
"Yes Your Majesty," the hare would reply in a small, frightened voice. Then the lion would roar until the hare's ears hurt, and he would rage until the hare felt very unhappy.

W końcu zając poszedł po rozum do głowy – Mam już tego powyżej
uszu! Ten lew to łobuz i głupiec. Muszę się z nim poważnie rozprawić.
Poszedł więc do lwa i odezwał się takimi słowy – Dzień dobry, Wasza
Królewska Mość. Spotkałem lwa, który wygląda dokładnie jak ty.
I otóż ten lew twierdzi, że to ON jest królem tych lasów i że pozbędzie
się każdego, ośmieli się stanąć mu na drodze.

Finally, the hare thought, "I can stand it no longer.
That lion is a bully and a fool and I must get my revenge."
So, she went to the lion and said, "Good day,
Your Majesty. I've met a lion who looks
exactly like you. This lion said HE
was the king of these woods and
that he would see off anyone
who challenged him."

– Coś takiego – odrzekł lew. – A nie wspomniałeś mu o *mnie*?
– Ależ oczywiście, że wspomniałem – odpowiedział zając.
– Ale byłoby chyba lepiej, gdybym tego nie robił. Kiedy
opowiadałem, jaki jesteś silny, on po prostu zadrwił
szyderczo. I był bardzo opryskliwy. Dodał nawet,
że nie przyjąłby *ciebie* za służącego!

"Oho," the lion said. "Didn't you mention *me* to him?"
"Yes, I did," the hare replied. "But it would have been better if I
hadn't. When I described how strong you were, he just sneered.
And he said some very rude things. He even said
that he wouldn't take *you* for his servant!"

Lew nie posiadał się z wściekłości. – Gdzie on się podział? Gdzie on
się podział? Jak tylko dopadnę tego lwa – groźnie ryczał – nauczę go,
kto jest królem tych lasów.
– Jeżeli Wasza Królewska Mość zgodziłby się – odrzekł zając
– mógłbym go zaprowadzić do jego kryjówki.

The lion flew into a rage. "Where is he? Where is he? If I could find that lion,"
he roared, "I would soon teach him who is King of these Woods."
"If Your Majesty would like," answered the hare, "I could take you to his hiding place."

I tak oto zając zaprowadził lwa do głębokiej studni
i powiedział – On siedzi ukryty tam w dole.

So the hare took the lion to a deep well and said, "He is down there."

Lew ze złością wpatrywał się w studnię.
Był tam ogromny rozszalały lew,
który też mu się uważnie przyglądał.
Lew zawył, lecz potężniejszy ryk echem dobiegł ze studni.

The lion glared angrily into the well.
There, was a huge ferocious lion, glaring back at him.
The lion roared, and an even louder roar echoed up
from within the well.

W porywie złości lew skoczył do góry i rzucił się na dzikiego lwa w studni.

Filled with rage the lion sprang into the air and flung himself at the ferocious lion in the well.

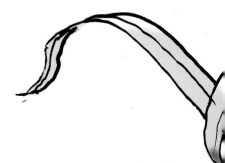

I spadał tak coraz to głębiej
i głębiej
i głębiej
i nikt go już więcej nie widział.

Down and
down and
down he fell
never to be seen again.

I w taki oto sposób zając zemścił się na lwie.

And that was how the hare had her revenge.